Evincepub
Publishing

Evincepub Publishing

Parijat Extension, Bilaspur, Chhattisgarh 495001
First Published by Evincepub Publishing 2021
Copyright © Uma 2021
All Rights Reserved.

ISBN: 978-93-5446-026-5

Artistic EMOTIONS

"An Emotion is an Artist
of Every Art"

Abhinav Kaushal & Uma

Dedicated to every emotion we felt in our past, feeling in our present and will feel in our future.

Not the poems, but the words for every emotion,

To make you feel loved & inspired.

Sometimes the most difficult task is to give your emotions the simplest words.

ABOUT THE AUTHOR

The literature students and an aspiring writer, Abhinav Kaushal and Uma. Love for writing made them come together as a team. They shared their different ideas and both used to write and edit each other's ideas and topic which not only improved their writings but also they become the best critics for each other.

In this year, they both started the YouTube channel A&U Writes which has their self- composed poems on every mood and emotion from love to inspiration.

"Artistic Emotions", is their first poetry book which has the collection of poems, published by them.

Abhinav and Uma both are currently pursuing BA English Honors degree. Abhinav is currently residing in Noida, Uttar Pradesh and Uma resides in Faridabad, Haryana. Together, they dream to inspire the world through their poetries and stories.

You can visit Abhinav on Instagram @abhinav_kaushal05 and Uma on @auwrites1305.

You can also subscribe to their YouTube channel, A&U Writes for more poetries.

ACKNOWLEDGEMENT

"Thank you, a word written on the paper but spoken from the heart"

Thank you to my and Uma's parents for always supporting us and encouraging us as a team which helped both of us as writer to take a first step in the form of this poetry book.

Thank you to our friends and followers who become the best critics and helped both of us to improve our writings.

Thank You To Envicepub Publication House for publishing this book and for their support and constant guiding in the whole journey.

A very heartiest thank you to our readers who chooses this book and decide to give some of their precious time to the reading of this book.

Forever Grateful to the God & Universe.

CONTENTS

ROMANTIC POETRIES

"In Love We Changes Unknowingly

Which Is Really Beautiful."

 Agar Tum Saath Ho

Tum miloge ki nhi Pta nhi,
Lekin Tumhare milne ki umeed nhi kho skti

Yuh to logo ki bheed main rahi hoo,
Lekin Tumhare liye ab tanhai main hi rehti hoo

Yuh to Tumhara saath sabko Aziz hai,
Lekin tumhara saath meri zaroorat hai,

Kon sahi, kon galat ki ladai main,
Harr marhtaba main galat hone ko tyaar hoo,
Agar tum saath ho,

Apne dil ke harr toote hisse se tumko
Beshumar pyaar krne ko tyaar hoo,
Agar tum saath ho,

Apne labon ki muskaan tumhare
Chehre par saajane ko tyaar hoo,
Agar Tum saath ho,

Tum kuch na kaho, main tumhari

Khamoshiyon se bhi mohabbat krlu,

Agar Tum Sàath ho,

Agar koi gamm mile tumse,

To dil main usko bhi jagah dedu,

Agar Tum Saath Ho,

Iss bedard se zindagi main bhi,

Bahar aajaye,

Agar Tum Saath Ho,

Buss yuhi main likhti chli jhau,

Agar Tum Saath Ho,

Mujhe Tum Par Kavitaayein Likhni Hai

Likh rahi hoo in shabdo main tumhe,

Ibaadat ki tarah,

Zikr hai meri harr kavita main tumhara,

Khuda ki tarah,

Mere shabd khushnaseeb hai,

Tumhara naam liye bina,

Tumhe byaan krte hai,

Tumhe pal bhar dekhna bhi kuch esa hai,

Jese Meri kavita ko naya vishay mil gya ho,

Tumhari muskurahat main lafz hi kya byaan kru,

Jo mujhse phle, tumhari iss muskurahat par jaan
vaar dete hai,

Khoobsurat si kahani ya ek Pavitra Granth likhu
tum par,

Asmanjas main hoo, ki kya likhu tumpar,

Apne ishq ki kalam se kore kagaz par,

Tumhari pehchaan likhna chahti hoo,

Uss kagaz ko keemti bnana chahti hoo,

Kehte hai jis dil main mohabbat ho,

Uss dil main khuda rehta hai,

Bilkul ussi tarah,

Mere dil main tum rehte ho,

Isiliye mere dil main mohabbat ka

zikr hota hai,

Buss yuhi iss zikr ko,

Shabdo main peerokar,

Mujhe ta-umar tumpar kavitayen likhni hai,

Tum Waha Main Yaha

Tum waha, main yaha,

Door hai ek doosre se,

Lekin bandhe hai pyaar ki ek dori se,

Ye dooriyan mehaz ek waqt hai,

Guzar jaayega, najaane kitni raatein,

Issi khyaal ko sirane rakhkar bitai hai,

Haa, baatein rooz hoti hai,

Lekin ek doosre ke ehsaas ko,

Poorani saath wali yaadon main se khojte hai,

Tasveero ko hi Haqeeqat bnakar,

unhe gale lgakar, buss yuhi,

Ek doosre ki bahon ke ehsaas ko taraste hai,

Rooz raat chand ko dekhkar,

Ek doosre ki salamati ki guzaarish krte hai,

Milna ek doosre se thoda mushkil hai,

Isiliye hum dono ko jode rakhne wale uss aasmaan
ko dekhkar,

Ek saath hai, iss khyaal se khud ko samjhate hai,

Shayad dooriyon hi pyaar ko ishq bnati hai,

Ek doosre ke khone ke darr ko harr pal barkraar
rakhte hai,

Wo pal jab bhi hum milte hai, uss pal ko keemti
bnati hai,

Ye dooriyan to ek test hai,

Humare ishq ka, humari sachai ka,

Krlenge pass, kyunki ishq hai sacha hai,

To kya hua ki tum waha, main yaha

Koi Toh Ho

Koi toh ho,

Jo meri khamoshi ki awaaz ko

Apne dil ki shanti se sun ske,

Mere dard par pyaar se maraham lga ske,

Koi toh ho,

Jo meri har hassi ke peeche chupe uss dard ko dekh
ske,

Jo mujhe mere dard ke saath apna sake,

Koi toh ho,

Jiske nazre surat nhi, seerat dekhe,

Wo jo do chaar ginni chunni achayia hai mujhme
unhe dekhe,

Koi toh ho,

Jo mere dil main andhera hai, usme khokar dekhe,

Aur apne pyaar ki roshni se mere pyaar ki manzil
dhoondhe,

Koi to ho,

Jo mujhe mere andhero se nikale,

Jo mujhe ujaalon se dosti krna seekha de.

Phle Mulakaat

Wo phle mulakaat unse,

Jab Waqt theher sa gya ho,

Haa, Jese Nazro main,

Unka chehra utar sa gya ho,

Dil ki ek dhadkan maano,

Unki ek muskaan par tham si gyi ho,

Kehne ko to hum dono shant the,

Lekin humari khamoshiyon ne ek doosre se

Baatein hazaar krli thi,

Thode se sharmaye, thode se sehme se the,

Aakhir hum dono phle mulaakaat main ek doosre ke

pyaar main behke jo the,

Phle mulakaat phle nazar ka pyaar ban gyi thi,

Zindagi ka khoobsurat pal ban gyi thi,

Aaj ek arsa hogya hai humari mulakaat ko,

Lekin aaj bhi unse harr mulakaat phle si hi lgti hai,

Aaj bhi unko dekhkar phle nazar ka hi pyaar hota hai.

Hum Dono Kitne Alag Se Hai

Hum dono kitne alag se hai,
Ek dum Judaa se hai,
Lekin phir bhi ek se hai,

Tum suraj jese ho, to main chand,
Milna humara namumkin sa hai,
Lekin wo aasman humara ghar ek sa hai,

Na mohabbat hai, Na nafrat,
Kuch to hai unkaha humare darmiyaan
Jo hai ek sa,

Meri ankhen bhi hui namms si hai,
Tu bhi waha tanha sa hai,
Shayad humara dard ek sa hai,

Main kahaniyon main ghum si hoo,
Tum haqeeqaton main uljhe huye se ho,
Lekin duniya humari ek si hai,

Tum ek badal ho, to main zameen,

Lekin dono par baarish ki

Boonde ek si hai,

Mere liye ibaadat sa hai,

Tumhare liye junoon sa hai,

Lekin hume hua ishq hi hai,

Aaine main tum khud ko dekhte ho, main khud ko,

Lekin duniya ki nazro main

Hum ek hi hai,

 Mere Woh

Zindagi ke raste main wo kuch iss tarah mile, ki mera har rasta sirf unn tak jaane laga

Laakhon ki bheedh main wo itne alag se lage, ki har insaan main sirf wahi nazar aane lage,

Unke labon pr mukurahat do pal se zyada nhi dikhti, lekin phir bhi doosro ke chehre par muskaan chodh jaate h

Khud ki zindagi kitni bhi mushkil ho, par doosro ki zindagi ko asaan bnane main lge rehte hai,

Jab pheli baar unke chehre pr do pal ki muskaan dekhi, toh socha ki uss aankh micholi khelti muskaan ko thodi der aur rok lu

Phir ek din unonhe apni dosti ka haath meri taraf badhaya, aur maine khushi khushi thaam liya,

Phir ehsaas hua ki unonhe dosti ke saath saath, apni Mohabbat ka tohfa bhi mujhe thama Diya h

Phle baar dekha unonhe mujhe class main tha, lekin baat WhatsApp pr ki thi aur phle baar hi wo mujhe pasand krte h esa keh diya tha,

Shayad unka yahi anokha andaaz mujhe pasand aagya tha, ki unko humari phle fresher's par maine miss kiya tha

Lekin tab tak humari baaton ka silsila shuru ho chuka tha, aur esa shuru hua tha ki time bhi humari baaton se jalne lga tha,

Baaton main na din ka pta chlta na raaton ko, na whatsaap ka na text ka, humari baaton ne maano saari hadhein hi paar krdi thi

Inhi baaton baaton main mere liye unka pyaar aur gehra ho gya, aur shayad mujhe unse pyaar hona shuru ho gya,

Ye shayad dheere dheere yakeen main badlne tab lga, jab unko khone ke darr se alumini meet pr khoob roi thi,

Lekin samjh mujhe tab bhi nhi aaya tha ki, unse pyaar hogya h, unse baatein krne ki aadat hogyi, unki uss ek muskaan ko baar baar dekhne ka Mann krne lga

Wo itne khaas hogye, ki mera dil bhi sirf unke saamne hi khuli kitaab hogya,

Phir cupid of love ban kar, kisine mujhe mere pyaar ka ehsaas dilaya, tab ehsaas hua ki mere chehre ki

muskaan, unki khushi main aane lagi, meri aankhon main aansoon, unki taqleef main aane lage,

Aur pyaar hogya, jab unko apne dil ka haal byaan kiya, tab unse zyada pyaar unki uss khushi wali smile se hua, dekhi nhi thi wo smile, lekin uss waqt unke chehre ki smile mere chehre pr thi,

Pyaar kya hota h kesa hota h unonhe ehsaas dilaya, aur ab unse harr baar pyaar krna hai hazaaron tarikon main

Unka gussa thoda zyada h lekin mujhe wo bhi pyaara h, unke gusse main mujhe khone ka darr Jo dikhta h,

Esa nhi h ki unme khaamiyaan nhi h

Buss unke pyaar ke aage mujhe kuch dikhta nhi h,

Wo mujhse pyaar krte h, unhe yeh kehna ki zaroorat nhi h, unonhe Bina kahe hi bohot kuch bayaan kiya h,,

Woh koi real life hero nhi h jinonhe bade hi romantic style main mujhse ishq ka izahaar Kiya h, woh ek real life Gentleman h jinonhe sirf mujhse pyaar Kiya h.

Unki Khwaishein

Shayad unko nhi pata lekin kuch khwaishein maine unke liye bhi sanjoi h,

Kuch esi khwaishein jo shuru bhi unse hoti h aur khatam bhi unpar hoti h,

Unke sapno ko poora krne ke liye mehnat ki ek gulakk maine bhi sambhali h, unki khwaisheion ko diary ke panne pr maine bhi sajaye hai,

Kehte h toote huye taarein se maangi Hui har khwahish poori ho jaati h, shayad wo bhi ek toota hua taara hi, jinonhe meri har khwahish ko poori ki hai,

Kehte hai ki harr khwaish poori nhi hoti, lekin unka meri zindagi main aana, ek unkahi khwaish ka poora Hone jesa hai,

Kuch to acha kiya hoga ki wo meri zindagi main aaye hai,

Kuch to uss khuda ne bhi dekha hoga ki wo sirf mere kehlaaye hai,

Na wo khwaish hai, Na wo Mohabbat buss ek jaadui si hai unki rehmat main beetayi har ek fursat,

Uss khwaish ki khwaish ko poora krna asaan n
hoga,

Uss taare ke liye khud tootna asaan n hoga,

Unke liye sab kuch krna bhi kamm hoga,

Lekin unki khwaishon ko khud ki khwaish bnana hi
meri mohabbat ka dharam hoga.

———— ∽ ————

Ishq

The emotion of love is strongest,

But I feel the fear of loosing that love is strongest!

Agar Ishq khuda hai, to uss khuda ko khone ka darr kesa,

Kyunki kehte hai, ki khuda to sabke dil main ek jesa,

Agar darte ho, to ishq khuda kese,

Aur agar ye darr na ho, to ye ishq kesa,

Ishq pyaar se alag hota hai, isme zindagi bhar ka saath nhi,

Zindagi bhar ka junoon hota hai,

Wo mile ya na mile, lekin uske milne ki uss ek tooti hui umeed par jeena hi ishq hota hai,

Gam -e- mohabbat chupakar, uski uss muskaan ko yaad krke khush hona ishq hota hai,

Apne harr darr ko uski aaghosh main beparda krna hi, ishq ke pardo main khud ko uljhana hota hai,

Nazro se dil main utarkar, rooh tak ka safar tay krna
hi ishq hota hai,

Jo ankhon main chupe dard ko baha kar, chehre par
khilti hui si muskaan chodh jaaye,

Wo ishq hota hai,

Jo door hokar bhi, kareeb sa lage, apna sa lage,

Wo ishq hota hai,

Jiske zikr main ibaadat sa sukoon mile,

Wo ishq hota hai,

Jiski tarrifon ki koi hadh na ho, wo ishq hota hai,

Jo darr apko duniya se ladne ki himmat dede, wo
ishq hota hai,

Jaha khone ka darr ho, wo ishq hota hai

Jaha ishq na ho, tab bhi saath nibhane ki koshish
Krna bhi ,

Ishq hota hai

Dosti se Mohabbat Tak ka Safar

Ek arsa intzaar,

Aur apne ishq ka izhar,

Unonhe bohot shiddat se kiya tha,

Apne haathon ki lakeeron main,

Ek doosre naam dil ki sihai se likha tha,

Kehne ko to dost the, lekin

mohabbat ke rang main

rangne lge the,

Ek doosre par haste haste,

Ek doosre ke saath haste muskurate,

Ek doosre ki khushiyon ke liye, dua krne lge the,

Yuhi dosti ke dhaage se mohabbat ka rishta bunne
lge the,

Dosti ke rishte ki masti aur mohabbat ke rishte ki
samjhdaari ki samjhdaari hone lgi thi,

Mohabbat ke ehsaason ko,

Dosti ke pardeh main chupa rahe the,

Lekin ek doosre par haqq, maano mohabbat krte ho
ese jata rahe the,

Dosti se mohabbat ka safar tha unka,

Jiska izhaar unonhe boot shiddat se kiya tha.

———— ∞ ————

Shayad Mujhe Pyaar Ho Raha Tha

Woh alahad si umar main,

Khilte huye gulaabon ke rang main rangne lgi thi,

Kyunki shayad mujhe pyaar ho raha tha,

Ab apne liye chodkar, uske liye sajne lagi thi,

Kyunki shayad mujhe pyaar ho raha tha,

Rooz ho raha tha, beshumar ho raha tha,

Ab meri smile bhi bina ijazat ke mere chehre par aane lgi thi,

Meri ankhen bhi bina kisi darr ke, staring at someone is bad habit ko apnane lgi thi,,

Kyunki shayad mujhe pyaar ho raha tha,

Uski taqleef ko apni taqleef samjhkar apni ankhon ke moti main pirone lgi thi,

Uski khushi ko apne chehre par chand sa sajane lgi thi,

Buss yuhi harr pal main uski hone lgi thi,

Kyunki shayad mujhe pyaar ho raha tha,

Jaane anjane main uski bahon ki ek ehsaas ke liye tarasne lgi thi,

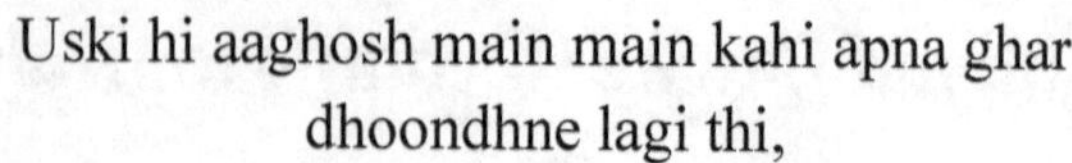

Uski hi aaghosh main main kahi apna ghar dhoondhne lagi thi,

Ab agar ye pyaar hai, To shayad hi nhi yakneen mujhe pyaar ho raha tha!

SAD POEMS

"Life Is About To Let Go
Of Something Or Either Go Through
That Something."

Yaad Aati Hai Tumhari

Yaad aati hai tumhari,
Harr pal harr waqt harr lamha,

Kabhi hawaayon main tumhara ehsaas hota
hai,
To kabhi baarish ki bundo main tumhara
chehra,

Jab jab shant hoti hoo, to ek gunji hui awaaz
main,
Tumhara naam sunai deta hai,

Likhti hoo kuch, to shabdo main tumhara
farebh dikhta hai,
Yaad aati hai tumhari,
Harr pal harr waqt harr lamha,
Lekin dard ke alawa kuch nhi deti,

Dil se tumhara pyaar to mit gya,
Lekin dimaag se tumhara naam nhi gya,
Main nhi maanti ki ye asar hai tumhara ya
mujhe tumse koi faraq padta hai,

Buss ye dhoka tha tumhara, jisse kabhi
kabhi ye dil ro padta hai,
Ab khud se koi jung nhi h meri,
Maaf kr chuki hoo tumko,
Isiliye ab koi chaah nhi tumhari,

Aage to badh chuki hoo,
Dil ke tukdo ko bhi jodh chuki hoo,
Ghaav abhi bhare nhi hai, lekin tum ab
mujhe dard do,
Iski izazat ab tumhare naam ya tumhare
ehsaas ko nhi,

Ab tum yaad zaroor aate ho, lekin dhoke ki
tarah nhi, jisne mujhse sab cheen liya,
Lekin ek ese insaan ki tarah jisne zaroor
kuch keemti kho diya,

~

Tumse Door Jaana Zaroori Lagta Hai

Tumse door jaana zaroori lgta hai ab,
Tumhare pass apnapan thoda kamm sa lgta
hai ab,

Tum humesha kehte ho, chle jaaoge
chodkar,
Lekin tum kabhi gye nhi chodkar,
Mere aanson the, ya mera tumhe khone ka
darr, ya humare pyaar,
Jo tum mere saath ho abtak,

Ya meri gltiyon ki saza deni thi,
Jo saath rehkar, krdiya khudse door itni hadh
tak,

Tumse hi beshoomar bina sharto ke pyaar
krna seekha tha,
Aaj tumhari hi sharto se toot gyi, Na judne
ki hadh tak,

Sheeshe ki diwaar hai darmiyaan, jisse
dekhlete hai ek doosre ko,
lekin samajh nhi paate hai ab,

Haa! Tumse door jaana zaroori lgta hai ab,
Meri wajah se jo dard aaye, unhe apne saath
lejana ka waqt hai ab,

Tumhari harr subah se, apne andhero ko
door le jaana hai,
Tumhare harr uss waqt, jisme main thi,
Uss harr waqt ko mitana hai,

Tumhara ek hisse ko khud se alag karke,
Ab tumhe saupna hai,
Mere harr hisse ko ab tumse khatam krna
hai,

Mere bina hoge, lekin poore hoge,
Mere bina hoge, lekin azaad hoge,
Mere bina hoge, to shayad khush bhi hoge,

Isiliye, tumse door jaana zaroori lgta hai ab!

Thoda Sa Dard

Kehte hai ki waqt dil par lage har ghav ko
bhar deta,
lekin koi ye nhi samjhta ki wo ghav sirf
bhara hai, theek nhi hua hai,

Dard aaj bhi hota hai, wesa hi dard jesa phle
baar hua tha,
Hum sahi aur galat ki ladai main, dard ko
dekhna bhool jaate hai,

Asmanjas to ye ho jaati hai, ki pta hai ki
ghav hai,
lekin phir bhi marham ki jagah, hume sirf
unhe kuredana aata hai,

Aur iss baar dard aur gehra ho jaata hai,
uss waqt jese tese khud ko sambhalte hai,
Lekin jab humara kal aaj ko darane aajaye,
to sab bheekhar jaata hai,

Mushkil ho jaata hai ki apne aaj ko nikhaare,
Ya beete kal main hi theher jaaye,
Dard aur apne darr ko sabke saath baat tein
hai,

Lekin sabse bada farq ye hai ki apke darr aur
apke dard ko sunte sab hai,
Lekin samjh koi nhi pata,

Thoda sa Dard to hai aur rahega,
Lekin aage to badna hai.

———∞———

Tumhare Khyaal

Aaj Yuhi buss kuch likhne bhethi thi,
Iss sard mausam main tere ehsaason ki
garmahat main khud ko ghira paaya,

Bohot waqt hogya tumse mile huye,
lekin aaj bhi apne khyaalo main tumse rooz
milti hoo,

Tumse jhudi yaadein hai, taqleef bhi hai,
Lekin tumse mili har khushi se aaj bhi
Muskurati hoo,

Tum ho to nhi saath,
Lekin najaane kyu Akela bhi mehsoos nhi
hota ab,

Haa, khudse shikayat hai, ki tumhe rok na
paai,
Haa, khudse narazagi hai, ki tumhare kaabil
na ban paai,

Lekin aaj ek arse baad, j
ab tumhare khyalon ne dil ke toote darwaaze
par dastak di hai,

To maine in khyaalon ko panno par utar
liya,
Wo kya hai na, ab tumhare khyaalon ko dil
main jagah di na,
toh dil zaar zaar ho jaayega,

Isiliye hum har dard ko panno main kaid
kar,
Apne dil ko azaad krna hai,

Kitaab Main Band Gulab

Kitaab main band gulaab jaise mohabbat hai
mer,
Unn murjhaaye huye ehsaason ki kabhi na,
Khatam hone wali kahaani hai meri,

Mehfooz hai meri mohabbat uss gulaab ke
saaye main,
Mehfooz hai uska ehsaas uss gulaab ki
khushboo main,

Wo gulaab ek yaad hai,
Jisse mera dil aabaad hai,
Aur jisne diya the, wo meri jaan hai,

Wo gulaab meri zindagi ka hissa hai,
Jo ab ek guzre waqt ka kissa hai,

Uss gulab ka rang feeka hogya,
lekin meri mohabbt ka nhi,
Wo aage badh gya, lekin main reh gyi wahi,

Uss murjhaye huye gylab ke kaatein aaj bhi
chubte hai,

Uski mohabbat ka dikhawa aaj bhi zakhm
deta hai,

Chlo iss gulab ko phirse kitaab main band
krti hoo,
Aur iss kisse ko yahi khatam krti hoo,

No wo aayega,
Na usne aana hai,
Bass yahi sochkar aage badti hoo,

INSPIRATIONAL POEMS

"Life Is The Courage And Death Is The Fear And Every Courageous Soul Has To Overcome That Fear."

Bura Waqt Hai Beet Jaayega

Bura waqt hai, guzar jaayega,
Jaante ho na waqt kabhi ek jaisa nhi rehta,
Kabhi hume majboot bnane ke liye,
To kabhi hume majboor krne ke liye,
Waqt khoob rang badlta hai,

Lekin achi baat hai ki badlta hai,
Bura waqt hai guzar jaayega,
Sunehri subah ke saath ek acha waqt bhi
aayega,

Andhere main hi sitare aur chand chamkte
hai,
Bure waqt main hi tapkar, hum sona bnta
hai,
Waqt ki hi maar se hi hum nikharte hai,

Buss ek baat dhyaan rakho, waqt ko saath
lekar chlna seekho,
Waqt chahe kesa bhi ho, koi saath deta hai
koi nhi,
Tere pass tera waqt hota hai, chahe ab wo
jesa bhi ho,

Bure waqt main apne halaaton ko theek krna
seekho,
Ache waqt main, jo theek hua usko
sambhalkar rakhna seekho,

Bura waqt hai beet jaayega,
Waqt hai guzar jaayega,
Ek acha waqt bhi aayega,
Lekin waqt kab apni fitrat badal de,
Ye bhi waqt batayega!

 Shikayat krna Chodo

Zindagi main shikayat krna chodo,
Choti si zindagi hai,
aur iss choti si zindagi ki chote chote
moments ki value krna seekho,

Kitni bhi koshish krlo,
Zindagi main kuch na kuch reh hi jaata hai,
To jo reh gya uski chaha main,
Jo apke pass hai, Usko kyu khote ho,

Zaroori to nhi ki harr sapna poora ho,
Zaroori nhi ki jisko chaha ho, wo mil jaaye,
Zaroori ye hai ki jo hai humare pass uske
liye shukrguzaar ho jaaye,

Jo apki hatheli main hai, uski kadar krna
seekhoge,
Tabhi to jo milega aage, uske kaabil banoge,

Shikayatein to hum kabhi khud se krte hai,
kabhi apno se krte hai,
To kabhi uss uparwale se krte hai,
Lekin humari pareshaniyon ka hal to phir
bhi nhi niklta,

Shikayaton se zindagi nhi chlti,
Kuch paane ke liye kuch khona padta hai,
Aur jo paaya hai, uske kiye shukrguzaar
hona bhi hona padta hai,

So Stop Complaining and Be Grateful

Hum Kamzor Nhi Hai

Zindagi ki race main,
Bachpan se jawani ke josh main,

Bohot kuch paane ki chaha main,
Mushkilo se bhari raha main,

Himmat ko saath liye,
Koshishon ki ek ek gaath bandhkar,
Hum aage chal rahe hai,

Haar ko gale lgakar, jeet se pyaar kr rahe
hai,
Dard main rehkar bhi, mohabbat ko baat
rahe hai,

Darr main rehkar bhi, umeedon se jeet rahe
hai,
Buraiyon se ladkar, achaiyon ki aur hum
badh rahe hai,

Khud ko khokar, khud ko todkar
Khud ko taraash rahe hai hum,
Shayad khud ki asli pehchaan dhoondh rahe
hai hum,

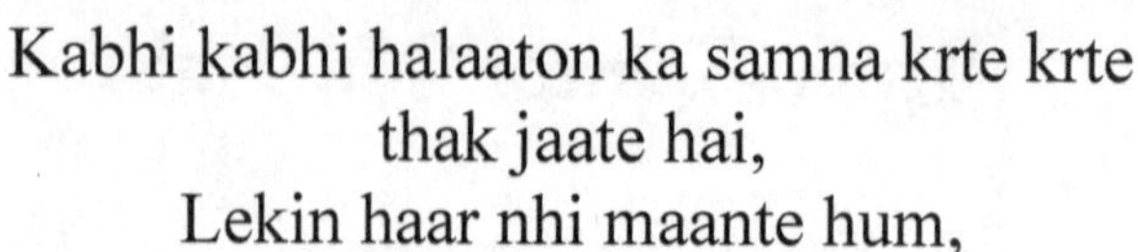

Kabhi kabhi halaaton ka samna krte krte
thak jaate hai,
Lekin haar nhi maante hum,

Kabhi kabhi manzil ke raston main kho jaate
hai,
Lekin aage chalna nhi chodte hum,

Kabhi kabhi toot jaata hai dil, lekin dil pyaar
krna nhi bhulta,
Buss marham lgakar, usse jodh lete hai hum,

Aur khud ko phir bhi kamzoor kehte hai
hum!
We are not weak, weakness is Just the myth
of our mind.

Sukoon

Raaton ke andhere main,
Shaam ke dhalte suraj main,
Hum Sukoon dhoondhte hai,

Ek garam chai ki piyali main,
Ya phir ek garam coffee ki piyali main,
Apni thaki hui saanson ke liye ek araam ki
garmahat dhoondhte hai,

Kabhi kitaabon ke panno par,
Kabhi duniya ki sadko par,
Hum ek ek karke anubhav dhoondhte hai,

Kabhi gaano ke bol main,
Kabhi bin bol ki dhun main,
Hum apni dil ki dhakano ko sunte hai,

Kabhi kalam ki nikle shabdo main,
Kabhi paint brush ke strokes main,
Hum khud ki hi ek kahani likhte hai,

Kabhi kal main, kabhi aaj main jeekar,
Ek behtar waqt dhoondhte hai,

Aur kabhi duniya ghumkar to kabhi ghar ki
chaar diwaari main,
Hum phirse buss sukoon dhoondhte hai,

Kyunki sukoonbhari zindagi nhi hoti,
Sirf ek lamha hota hai,

Dear Zindagi

Ek zindagi jee rahe hai hum,
Har pal main ek daastan likh rahe hai hum,

Bachpan se budhape tak ka safar hai
Zindagi,
Ek esa Safar jisme kai baar hum bhatke hai,
Kai baar hum gire hai, khoye hai, sambhle
hai,

Anjaan thi ye zindagi, lekin ab jaan
pehchaan hogyi hai,
Dear stranger se dear Zindagi hogyi hai,

Jese jese umar badh rahi hai,
Zindagi main chote chote moments ki value
badh rahi hai,

Ab samjh aata hai, ki dil ko jo bhaaye wo
kijiye,
Jo samjh na aaye, wo chodh dijiye,

Ek muthi main khushiyaan bator lo,
Dil ko dukhon ke pinjare se azaad krdo,
Chehre par khilti hassi ki ek daastan likhdo,

Jab dhukh aaye to Zindagi se ladlo,
Lekin jab khush hone ke 100 reasons mil
jaaye,
To ussi zindagi ko gale lga lo,

Zindagi thodi si atrangi hai,
Isko apne rangon main rangkar,
Satrangi krdo,

Zindagi ko zindagi nhi,
Ek dost bnalo,
Zindagi ko "Dear Zindagi" bnalo,

"Love your life the way you love a person"

———— ⌇ ————

Tum Alag Ho

Khud ko duniya ki nazro se dekhna chod
do,
Kyunki tum alag ho,
Comparision between You & Me, Leave it,
You are different, believe it,

Teri pehchan tujhse hai,
Toh auro ki judgement par khud ko udaas
krana chod do,
What they say? leave it,
You are different, believe it,

Tumhari kamiya sab batayenge,
Tumhari khasiyat sab nazarandaaz krenge,
Tum alag ho, iss baat par aitraaz krenge,
They will criticise, leave it,
You are different, believe it,

Har sitare ki chamak ek jaise nhi hoti,
Harr insaan ki kabiliyat ek jaise nhi hoti,
Becoming like someone, leave it,
You have your shine, believe it,

Tum ye nhi krskte, tum wo nhi kr skte ye
sabki nazro main hai,
Tum kya Alag krskte ho, ye sirf tumhari
nazar ka safar hai,
You are not doing things like them, leave it,
You can do differently, believe it,

Raste ek jaise ho skte hai, lekin manjile alag
hoti hai,
Teri manjil hi tay krti hai ki tum kitne alag
ho,
Be in the human race, leave it,
You can make your different path, believe it,

Koi tumse acha hoga, koi tumse kamm acha
hoga,
Lekin tum jesa koi nhi hoga,
Why are you not like them?, leave it,
You are unique, believe it,

Khud Se Pyaar Krna Seekho

Khud se pyaar krna seekho
Apki Zindagi apse shuru
hoti hai, aur aap se khatam,

Koi apki Zindagi main jab aata hai,
To wo apki Zindagi ka hissa bnta hai,
Apki Zindagi nhi

Kyunki agar koi
apki Zindagi hota,
To Log bheechadte nhi,

Khud se pyaar krna seekho,
Kyunki pyaar krne ke liye,
Sirf kiske saath ki nhi,
sirf ek sachi dil ki zaroorat hoti hai,
Jo ki apke paas bhi hai,

Harr Dil main pyaar hota hai,
Nafrat to bahar se aati hai,
Phir Kuch Yuh hota hai ki,
Dunjya se pyaar aur
khud se nafrat ho jaati hai,

Khud se pyaar krna seekho,
Kyunki khud se pyaar krna koi,
Khudgarzi nhi hai,

Kyunki khud se pyaar krnna,
khud ki taraf ek farz hai humara,
Uss farz ko poora krna seekho,
khud se pyaar krna seekho,

Learn To Love
Yourself

Bus Tu Haarna Mat

Iss zindagi ke safar main,
Sau imhteehaan aayenge,
Buss tu harna mat!

Tere wajood par sau sawaal uthenge,
Bus tu Jhukna mat! Aur agar jhuk jhao,
toh phirse uthne ki himmat khona mat,

Tere bharose ko chot Igegi baar   baar
lekin khudse bharosa khona mat!

Tere kadar tere apno main nhi hogi,
Lekin jo aasmaan sabka hai,
usme udaan bharna bhoolna mat,

Musibat ke sagar main jo teri kashti doob
jaayye,
Toh uss sagar main tairna bhoolna mat,

Teri pehchaan tujhse hai,
Buss khudse roothna mat,
Akele padh jhao, toh tootna mat,

Tera hausla tu khud banna,
Ek udaan apne sapno ki bharna,
Zindagi asaan nhi mushkil safar hai,
Buss tu mat rukna.

Kal Ho Na Ho

Dil main chupi mohabbat,
Aur hothon par ruke unn shabdon ko
byaan krdo,

Jo dil ko khush kre,
apne uss fann ke kalakar ban jao,
apni zindagi ke harr din se apni khushi
ka ek lamha chura lo,

Jinonhe tumhari khushi main khud ke gamm
ki chinta na ki,
unn parents ki har khushi ki wajah ban jao,

Jiski mohabbat se tumhara dil aaj abaad hai,
Uski hothon ki muskaan ban jao,
Usse apne har pal se mohabbat ho jaaye
uska sunahera aaj ban jao,

Haathon main aaye mauko ko muthi main
band krlo,
Isse phle wo kal ke intazaar main aaj fisal
jaaye,

Kal ki fikar main aaj ko mat bhool,
Kal ko jeene ke liye, aaj ko to jeena seekh,

Beete huye kal aur aane wale kal main Aaj
ka faraq hai,
To tujhe apna aaj kese jeena hai, tujhe krna
iska taraq hai,

Mohabbat ke wo pal,
parents ki wo wishes,
tere ankhon ke wo sapne,
shuru krde jeena aaj se
kya pta,
KAL HO NA HO!